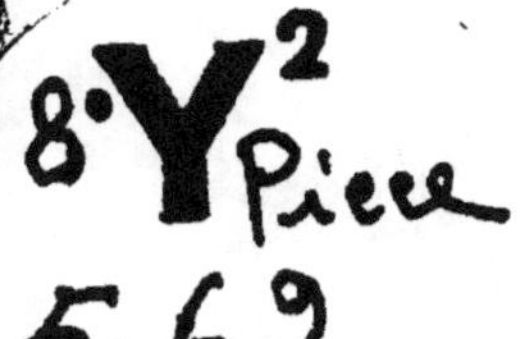

BIBLIOTHÈQUE

DES ÉCOLES ET DES FAMILLES

# LE CANICHE BLANC

ABRÉGÉ DE L'ALLEMAND

PAR

C. COLOMB

PARIS

LIBRAIRIE HACHETTE ET Cie

79, boulevard Saint-Germain, 79

BIBLIOTHÈQUE

DES ÉCOLES ET DES FAMILLES

# LE

# CANICHE BLANC

TRADUIT DE L'ALLEMAND

PAR

L.-C. COLOMB



PARIS

LIBRAIRIE HACHETTE ET Cie

79, Boulevard Saint-Germain, 79

1883

LES ADIEUX.

# LE CANICHE BLANC

## CONTE DE NOËL

---

Dans le beau pays du Tyrol, pas bien loin d'Inspruck, se trouve une longue vallée, ou plutôt une gorge, si étroite, qu'il y a tout juste place pour le torrent, aux eaux mugissantes et claires, qui descend comme un ruban d'argent entre les deux pentes des montagnes. Ces pentes sont jusqu'à leurs sommets revêtues de pacages veloutés et verdoyants. Elles sont aussi parsemées de gaies maisonnettes, toutes isolées, mais dont l'ensemble forme un hameau.

Par une chaude journée d'été, une vieille femme sortit d'une de ces riantes maisonnettes et descendit vers le torrent pour y laver son linge. La bonne vieille semblait encore assez forte pour porter à elle seule son panier à peu près plein. Mais un petit garçon qui accourut la rejoindre, ne la laissa pas faire. Il s'empara d'une des anses du panier, et la tint avec un petit air déluré tout à fait amusant.

« Grand'mère chérie, dit-il, lorsque la vieille femme se mit à l'ouvrage, pendant que tu vas laver ton linge, je vais te cueillir des *Vergissmeinnicht*, que tu aimes tant.

— Oui, mon petit Toni ; seulement prends bien garde de ne pas tomber à l'eau ! »

Le petit garçon fit entendre un joyeux éclat de rire. Lui, tomber dans le ruisseau ! Dans ce ruisseau dont il connaissait si bien les bords ! où il jouait tous les jours ! Il secoua gaiement ses boucles châtain clair, et partit en courant vers un petit pré où il savait trouver beaucoup de *Vergissmeinnicht*.

UN VILLAGE DU TYROL

C'était un charmant petit garçon, dont les yeux bleus brillants avaient le plus heureux regard du monde. Il n'avait plus ni son père, ni sa mère, qui étaient allés retrouver Dieu avant qu'il fût assez grand pour sentir et comprendre son malheur ; et puis, il était si bien avec sa bonne grand'mère! La petite chambre où ils demeuraient tous les deux n'était pas grande ; l'argent que la grand'mère gagnait à tresser des chapeaux de paille ne les rendait pas riches ; ils n'avaient pas d'autre nourriture que du lait et du pain bis ; mais les joues de Toni n'en étaient pas moins rondes et rouges comme des pommes, et il ne se doutait pas de ce que c'était que de manquer de quelque chose. Tous les jours, nouvel amusement ! La bonne grand'mère savait une foule de jolies histoires et d'aventures merveilleuses qu'elle racontait à Toni, pendant que celui-ci, avec ses petits doigts, l'aidait fort adroitement à tresser les brins de paille. Dans la maison où ils logeaient, Toni avait deux petits camarades de son âge, avec qui il pouvait jouer le soir; en somme, il menait une existence fort agréable.

Il était donc occupé à cueillir des fleurs, lorsque, en regardant par hasard autour de lui, il aperçut tout à coup quelque chose de blanc au milieu du ruisseau. Cet objet blanc était entraîné rapidement et allait toujours, toujours en avant. Il était emporté vers des blocs de pierre qu'on avait jetés dans l'eau pour pouvoir traverser, attendu que le pont était beaucoup plus bas. Toni, curieux comme un enfant, voulut savoir ce que cela pouvait bien être et regarda avec la plus grande attention. Il vit que c'était un jeune chien, qui n'avait plus la force de nager. La pauvre bête, à force d'avoir été ballottée par les vagues du ruisseau, ne pouvait plus remuer, et devait périr forcément, si l'eau la lançait contre un des blocs de pierre.

Sans hésiter, Toni sauta sur le bloc le plus rapproché. Sa grand'mère l'aperçut, poussa un cri et accourut de toute la vitesse de ses vieilles jambes. Elle n'était pas arrivée, que Toni avait déjà retiré le chien de l'eau, fait un bond aussi agile et aussi hardi que le premier, et regagné la berge.

« Tiens! grand'mère, regarde! Un caniche tout blanc ! Il est pour moi!

— Méchant garçon! dit la grand'mère en grondant. Si tu t'étais noyé! Et puis, qu'est-ce que nous allons faire d'un chien? Comme si nous avions nous-mêmes trop à manger! Mais viens, tu es mouillé, trempé des pieds à la tête... Et le chien, il est plus mort que vivant. J'ai fini, rentrons vite à la maison. »

Le chien, tout tremblant, fut placé sur le linge qui était déjà rangé dans le panier. La pauvre bête était tellement mouillée qu'elle ne pouvait pas l'être davantage. Toni et sa grand'mère remontèrent alors la pente de la montagne. Le petit garçon resta pensif pendant quelque temps, puis il dit d'un ton sérieux :

« Pourquoi donc sommes-nous si pauvres que nous ne pouvons pas avoir un chien, comme les autres personnes ?

— Maintenant, tu peux le comprendre, répondit la grand'mère ; auparavant tu étais trop petit. Ton père n'était pas de ce pays-ci. Il était venu de Berchtesgaden s'établir chez nous. Il avait épousé ma fille ; je te raconterai cela plus tard. Ton père et ta mère moururent tous les deux d'une mauvaise fièvre, dans la même semaine. Je suis restée seule à travailler pour nous deux. Comme ton père était étranger, la commune ne peut pas s'occuper de toi. D'ailleurs, ce n'est pas nécessaire! Nous avons assez... mais n'en parlons plus; si ce petit chien te fait plaisir, garde-le. »

A partir de ce jour commença une nouvelle félicité pour Toni. Fidèle — c'est le nom qu'il donna à son chien — prit peu à peu une si grande place dans son cœur, qu'il y avait des moments où il ne savait pas si c'était lui ou sa grand'mère qu'il aimait le mieux. Il faut dire aussi que c'était une petite bête si dévouée! Il ne quittait pas plus Toni que son ombre; et avec le temps il grandissait et devenait un magnifique caniche. Son poil frisé, blanc comme la neige, n'avait pas la plus petite tache; et ses yeux intelligents regardaient d'une façon si caressante à travers les touffes en broussailles qui lui pendaient du front! Il n'y avait certainement pas sur la terre un animal plus fin que Fidèle. Toni lui montrait toutes sortes de tours : il lui apprenait à être poli avec le monde, à donner une poignée de main avec la patte, à danser debout à la façon des ours, comme il avait vu faire une fois à l'ours d'un bohémien qui avait passé par la vallée. La grand'mère, qui savait tant de choses, apprit à Fidèle — on ne le croirait pas — à calculer comme une personne, et Toni ne put s'empêcher de danser de joie, la première fois que Fidèle indiqua, sans se tromper, par autant de coups de patte, un nombre écrit en gros chiffres que l'on avait placé devant lui. Le caniche apprit aussi à sauter par-dessus la corde; mais si on ne lui donnait pas le signal, il ne sautait pas, même quand de l'autre côté de la corde il y avait une saucisse qui l'attendait. Ce n'est pas que Toni eut la moindre petite saucisse à lui offrir; mais tous les enfants des environs en apportaient au besoin. On trouvait Toni bien heureux et on lui offrait tout ce qu'il voudrait en échange de son chien savant; mais le bon garçon ne faisait qu'en rire.

Parmi les enfants qui enviaient le plus le bonheur de Toni, se trouvaient ses deux camarades de jeu, Xaverl et Vastel, les fils de la propriétaire de sa grand'mère. Ils possédaient aussi des animaux savants, mais ce n'étaient que des cochons d'Inde; et encore toute leur science consistait à se mettre debout au commandement, à se présenter la patte l'un à l'autre et à se faire ensemble un petit salut avec la tête. Xaverl avait eu bien du mal pour arriver à ce résultat; mais depuis que Fidèle était venu habiter la maison, l'ambition ne le laissait plus tranquille un seul moment, et le succès qu'il avait obtenu ne lui paraissait plus rien du tout. D'ailleurs les deux cochons d'Inde étaient, dans leur genre, de charmantes pe-

LES DEUX COCHONS D INDE.

tites bêtes, avec leurs taches brunes, jaunes et blanches, leur peau souple et leur excellent caractère. Ils s'entendaient fort bien avec Fidèle, qui leur témoignait beaucoup d'affabilité et de complaisance. Les trois enfants s'arrangeaient aussi fort bien ensemble. Ce n'est pas qu'il n'y eût par-ci par-là quelques coups de pied ou de poing, comme c'est l'usage entre garçons; mais ils ne s'en aimaient pas moins, et n'en jouaient pas moins non plus en bons camarades. Oui Toni était vraiment un heureux garçon!

Sa grand'mère avait l'habitude de l'éveiller tous les matins. Un jour elle ne vint point vers son lit, et, lorsque enfin il ouvrit les yeux de lui-même, il l'aperçut tout immobile et toute pâle. Il l'appela; elle ne répondit point. Il se sentit saisi d'une immense frayeur; il sauta à bas de son lit, et, sans prendre le temps de s'habiller, monta l'escalier en courant et cria à la propriétaire : « Venez, venez vite réveiller ma grand'mère! »

Hélas! on ne pouvait plus la réveiller. Tranquillement et doucement, comme elle avait vécu, la bonne vieille s'était endormie du sommeil éternel.

Deux jours plus tard — la grand'mère reposait déjà dans la terre. — Toni était assis tout seul dans leur petite chambre. La propriétaire lui avait dit qu'il pouvait rester avec elle et ses deux garçons; elle lui donnait à manger et était très bonne pour lui. Mais chaque fois que Toni pouvait le faire sans être aperçu, il s'esquivait, allait s'asseoir dans leur pauvre chambrette, et se figurait que la grand'mère allait rentrer comme autrefois. Et pourtant, c'était si vide et si triste ! Tout leur pauvre mobilier avait été vendu pour payer l'enterrement. Comme Toni était le fils d'un étranger, la commune n'avait pu rien faire pour lui.

On avait oublié un vieil escabeau vermoulu, ou plutôt on l'avait laissé comme un objet sans valeur. C'est sur cet escabeau qu'était assis le pauvre Toni, les yeux rouges à force d'avoir pleuré. Fidèle, qui s'était placé devant lui, le regardait à travers ses cils épais et frisés d'un œil sérieux et inquiet, et finit par lui poser ses pattes de devant sur les genoux. Toni prit la tête de son cher caniche dans ses deux mains, cacha sa figure dans son poil blanc et touffu, et sanglota, sanglota à croire que son cœur allait se briser.

Le conseil de la commune s'était réuni. Le président du conseil était venu et avait déclaré à Toni, en présence de la propriétaire, qu'il devait quitter le pays et s'en aller là où était né son père. Il était trop petit et trop faible pour gagner sa vie, et la commune ne pouvait pas se charger de quelqu'un dont la famille était d'ailleurs. Là-dessus, le président lui avait remis son extrait de baptême et un papier qui contenait l'indication exacte de l'endroit où était né son père. Quelques *groschen* qui étaient restés du produit de la vente des meubles, une fois tous les frais payés, étaient joints à ces papiers.

Le pauvre Toni ne pouvait pas comprendre ce que tout cela voulait dire. Il devait s'en aller. — Pourquoi donc? Et s'en aller à Berchtesgaden encore? Il ne connaissait pas du tout ce pays-là. Ses parents étaient morts trop tôt pour lui apprendre où il se trouvait et comment on y allait, et la grand'-mère ne lui en avait jamais parlé. A quelle distance était-ce? Peut-être au bout du monde! Comment pouvait-on y arriver?

La voix de la propriétaire, qui l'appelait par son nom, interrompit ses tristes pensées. Comme il était habitué à obéir, il se leva tout de suite et se rendit à cet appel. L'excellente femme regarda avec compassion son visage désolé. Xaverl et Vastel le regardèrent aussi d'un œil à la fois stupéfait et attristé, et ne purent lui dire un seul mot.

« Écoute, Toni, lui dit-elle simplement, j'ai pensé à ton affaire. Vois-tu, je ne demanderais pas mieux que de te garder avec moi; mais je ne suis pas riche, tant s'en faut, et je ne sais pas du tout comment je pourrais élever trois garçons. Ah! si tu étais seulement une fille, tu pourrais aider à laver le linge... et alors... Mais tout ce que je dis là est inutile... il faut que tu t'en retournes dans le pays de ton père. Voici à quoi j'ai pensé : Tu as bien vu les petits Savoyards? Ils font bien plus de chemin que tu n'en auras à faire et gagnent leur vie en faisant danser leur marmotte.

— Mais je n'ai pas de marmotte, dit Toni tristement.

— Tu as quelque chose de bien mieux : un chien savant, et mes garçons te donneront encore leurs cochons d'Inde....

— Nos cochons d'Inde? s'écrièrent Xaverl et Vastel. Non, non! nous ne voulons pas les donner!

— Ah! dit la mère. J'ai pourtant toujours cru que vous étiez de braves garçons. Et maintenant, voilà que vous aimez mieux vos cochons d'Inde que votre camarade! Vous avez tout ce qu'il vous faut; votre mère est vivante; vous savez où loger; tous les jours vous mangez à votre faim; pendant ce temps-là Toni doit s'en aller à travers le vent et la pluie, avec la faim et le chagrin Et voilà que vous criez : non! »

Les deux garçons baissèrent la tête.

***

Xaverl, tout confus, alla dans le coin de la chambre, prit sa bête sur son bras et la présenta à Toni sans dire un seul mot. Le petit Vastel s'approcha à son tour avec son cochon d'Inde; de grosses larmes roulaient sur ses joues : « Tiens, dit-il, c'est pour toi ! Il ne faut pas que tu aies faim ! »

Toni secoua seulement la tête. Le cœur lui battait si fort dans sa petite poitrine qu'il ne pouvait parler. Il fit signe qu'il ne voulait pas prendre à ses camarades les bêtes qu'ils aimaient tant.

« Allons, allons donc ! dit la mère, c'est réglé; n'en parlons plus. Tu coucheras encore ici cette nuit; et demain, de bonne heure, tu partiras pour ton voyage. »

Sans perdre de temps, elle prit dans un bahut un petit sac de grosse toile, y mit le petit peu de linge et de nippes qui appartenaient à Toni, et y ajouta la moitié d'une miche de pain.

Le lendemain, de bonne heure, Toni fit ses adieux et partit, le sac sur le dos, en compagnie de son caniche, les deux cochons d'Inde dans sa veste. Le brave enfant était plein de courage ; mais lorsqu'il passa devant le cimetière, il voulut prier encore une fois sur la tombe de sa grand'mère, et de grosses larmes coulèrent de ses yeux. C'était un beau jour de fin d'automne ; le ciel était d'un bleu clair si doux qu'il sentit une sorte d'encouragement pénétrer dans son âme. « Le monde a beau être grand, se dit-il, et Berchtesgaden a beau être loin, je finirai bien par arriver. »

Les commencements du voyage ne furent pas trop pénibles. A la vérité, les petites jambes de l'enfant n'avançaient pas vite ; et quand il arrivait dans un village et qu'il demandait s'il y avait encore loin jusqu'à Berchtesgaden, il pouvait voir sur la figure des gens qu'il n'avait pas encore fait beaucoup de chemin. Mais qu'est-ce que cela lui faisait, après tout ? Il arriverait bien avant l'hiver, et il n'avait pas besoin d'arriver plus tôt. Le conseil de la propriétaire était bon.

Partout où il se trouvait du monde, surtout des enfants, Toni avait immédiatement un cercle autour de lui, dès qu'il commençait à chanter, que son caniche se mettait à exécuter ses tours et que ses cochons d'Inde se faisaient mutuellement des salutations devant la société. Il avait dépensé ses *groschen* à acheter une petite assiette d'étain, et Fidèle avait bien vite appris à la tenir dans sa gueule en faisant le tour du cercle. Pendant ce temps-là, Toni disait d'un ton fort poli : « Le chien savant voudrait bien avoir quelque chose à manger. » Et il se trouvait toujours là quelque femme compatissante qui emmenait manger chez elle le maître des animaux et les animaux aussi ; et bien souvent elle glissait quelques provisions dans le sac du petit voyageur.

Toni était déjà à la moitié de sa route;

tout allait le mieux du monde; malheureusement il eut la mauvaise chance de se donner une entorse; et pendant près de six semaines il fut hors d'état de faire un seul pas. Le pauvre garçon resta étendu sur de la paille qu'on eut la charité de lui mettre dans le coin d'un hangar, et c'est à cette même charité que lui et ses animaux durent de ne pas mourir de faim. Malheureusement, son accident lui arriva dans le voisinage d'une ferme isolée dont les maîtres n'étaient ni bien riches ni bien généreux. A la rigueur ils consentaient encore à nourrir le petit malade, pour l'amour de Dieu, mais ils regardaient à chaque bouchée que mangeait Fidèle, et la pauvre bête faisait maigre chère. Il n'y avait pas d'enfants dans cette ferme; autrement, les choses ne se seraient pas passées de cette façon-là.

Lorsque enfin Toni fut capable de tenir sur son pied et de reprendre son voyage, l'hiver était venu. Il se remit en route par une froide matinée de décembre. Il était heureux d'aller plus loin, mais il était bien affaibli et se demandait avec inquiétude s'il aurait de la force jusqu'au bout. Le pauvre Fidèle ne trottinait plus joyeusement auprès de lui, comme auparavant. Le maigre régime auquel il avait été condamné l'avait exténué; son beau poil blanc était devenu jaunâtre, et il n'avait plus du tout l'air d'un chien disposé à danser et à faire des tours.

Ils arrivèrent enfin dans le pays de Salzbourg. Mais, soit que ce fût la faute de leur aspect misérable, soit que dans ce pays-là on eût bien autre chose à voir qu'un caniche qui n'avait que la peau sur les os, à mesure qu'ils avançaient, la vie devenait de plus en plus difficile. Plus d'une fois, quand vint la nuit, ils n'eurent ni un morceau de pain pour manger, ni un toit pour s'abriter. Et cependant le froid augmentait de jour en jour.

Ce qui soutenait un peu le pauvre Toni, c'est que maintenant, quand il demandait des renseignements sur le pays de son père, les réponses devenait plus consolantes. Il n'avait plus désormais beaucoup de chemin à faire. Enfin il vint un jour où il

IL APERCEVAIT BERCHTESGADEN.

put espérer qu'il arriverait à son but avant la nuit, et cette pensée lui remplit l'âme d'espérance et de courage. Il apercevait la jolie ville de Berchtesgaden, bâtie sur le versant opposé de la vallée. Il voyait le sommet de la montagne couronné d'une neige éblouissante, et les pentes couvertes de maisons et de jardins, que dominaient de hautes tours. Mais ce n'est pas là qu'il devait aller. Sa route était toujours à droite, toujours en gagnant le haut pays. « Continue à monter, lui avait-on dit, en suivant le chemin de la montagne. Quand tu seras tout en haut, là où est le poteau, tu prendras le sentier qui descend dans la vallée, et tu seras bien vite arrivé. »

Ce n'était pas difficile à faire. Mais pendant que Toni, d'un pied léger montait, montait toujours, la neige se mit tout à coup à tomber. Les flocons devinrent promptement de plus en plus serrés. Bientôt toute espèce de sentier et de route disparut sous une épaisse couche de neige. Il n'y avait pas trace d'âme qui vive; on n'apercevait ni maison ni cabane. Du pas dont il marchait, Toni aurait dû être arrivé au plateau depuis longtemps. Mais le petit voyageur avait devant lui une étendue de terrain plat qui s'allongeait à perte de vue, et il se fatiguait les yeux à essayer de voir quelque chose. Nulle part, près ou loin, il n'apercevait le poteau, qui devait cependant être facile à distinguer au-dessus de la neige.

Il vint à l'esprit du pauvre Toni la pensée qu'il s'était perdu. Il y avait déjà longtemps qu'il ne savait plus par où se diriger; tous les chemins étaient cachés sous la neige, et il marchait au hasard.

Il se sentit saisi par le chagrin et l'angoisse. Ses pieds saignaient; le froid le pénétrait jusqu'à la moelle des os; il était si fatigué, si fatigué, qu'il lui semblait qu'il ne pourrait plus mettre un pied devant l'autre. Et ce qui était encore plus triste, Fidèle boitait et pouvait à peine avancer.

Toni regardait de tous les côtés avec désespoir et cherchait encore à découvrir le poteau, lorsque tout à coup il aperçut au-dessous de lui, à une distance qui ne lui parut pas trop grande, une petite lumière.

Cette lumière perçait l'obscurité qui commençait à devenir épaisse. Quel bonheur! il était sauvé! — Il est vrai qu'il ne voyait pas de chemin pour descendre vers la petite maison dont il distinguait vaguement la forme, et que l'espace qui le séparait de cette maison, avec ses crevasses et ses rochers, n'était pas commode à franchir. Il se décida néanmoins à risquer la descente. Quant aux égratignures que ses mains et ses pieds pouvaient attraper, ce n'était pas la peine d'y penser. Sur le plateau, il était en danger de mourir de froid et de faim; il n'avait plus l'ombre d'une bouchée de pain dans son sac; son dernier morceau, il l'avait donné à Fidèle.

Fidèle! Toni fut effrayé en pensant à son cher caniche, au moment de repartir. Pourrait-il le suivre, faible comme il l'était, avec sa patte boiteuse? Toni fit à la bonne bête des signes qu'elle comprit très bien. Au lieu de se mettre en route, comme son maître l'y invitait, Fidèle, épuisé par la faim, s'assit sur ses pattes de derrière, laissa pendre ses oreilles, et regarda tristement Toni à travers les poils frisés qui lui couvraient les yeux. Ce regard était si expressif qu'on le comprenait, comme si le chien avait dit en parlant : « Va-t'en, toi, et laisse-moi. Je ne peux plus te suivre. »

Toni fondit en larmes, et, passant ses deux bras autour du cou de son caniche, s'écria en sanglotant : « Non... non... nous resterons ensemble ! » Puis il chercha des yeux un endroit où il pût s'étendre et se reposer, car il se sentait fatigué à en mourir. Il y avait là un sapin dont les branches étaient chargées de neige; le spectacle de ce feuillage, quelque sombre qu'il fût, au milieu de cette solitude désolée, fit passer une lueur de consolation dans l'âme de Toni. Il se coucha tout doucement dans la neige, sous le sapin, étendit son sac sur les racines de l'arbre qui sortaient de terre, et y appuya sa tête, en pensant que, si Dieu ne le secourait pas, il aurait du moins le bonheur d'aller retrouver son père et sa mère.

Fidèle s'était approché de lui en boitant, et s'était couché sur ses pieds, comme s'il eût voulu les réchauffer. Les deux cochons d'Inde s'allongèrent mollement sur sa poitrine, abrités par sa veste, et s'endormirent en faisant entendre de légers grognements. Comme ils se nourrissaient de plantes et d'herbe, ils n'avaient pas souffert de la faim.

Une étrange sensation de bien-être fit bientôt oublier à Toni la faim, le froid et toutes ses misères. Il s'endormit paisiblement comme un petit enfant sur le sein de sa mère.

Cependant la nuit se faisait de plus en plus noire. Depuis une demi-heure il avait cessé de neiger; des milliers d'étoiles brillaient au ciel, et la terre apparaissait toute blanche dans les ténèbres. Le silence solennel de la nuit étoilée n'était pas même troublé par la respiration du pauvre petit voyageur. Alors, au milieu de ce calme pro-

FIDÈLE ET TONI SE COUCHÈRENT DANS LA NEIGE.

fond se fit entendre tout à coup le bruit d'un pas vigoureux sous lequel craquait la neige. C'était un chasseur qui arrivait, le fusil sous le bras, la carnassière remplie au côté. Il sifflait joyeusement un air de chanson, et il allait passer sans l'apercevoir devant le dormeur, lorsque le gémissement doux et plaintif d'un chien le fit s'arrêter tout court. Presque au même moment, son chien, qui était à quelque distance, se mit à aboyer. Ce fut l'affaire d'un instant : son œil perçant de chasseur découvrit le groupe qui était sous le sapin. Il se pencha rapidement et vit un enfant étendu et immobile. Un chien blanc était sur ses pieds, et tournait vers le chasseur des yeux dont l'expression suppliante avait quelque chose d'humain.

Il tâta le visage de l'enfant avec sa main, mais il la retira aussitôt avec épouvante : ce visage était froid comme celui d'un mort. Alors, sans tarder, le chasseur enleva l'enfant dans ses bras, siffla les chiens, et descendit, aussi vite que possible, par un sentier qu'il connaissait bien et qui conduisait

C'ÉTAIT UN CHASSEUR QUI ARRIVAIT.

précisément à la maison dont Toni avait aperçu la lumière.

Là, trois enfants, deux garçons et une fille un peu plus âgée, étaient postés à la fenêtre et guettaient quelque chose, le visage appuyé contre les vitres froides. Tout à coup ils tournèrent en même temps leur tête vers une charmante jeune femme qui travaillait auprès d'une table. Sur cette table était une lampe qui éclairait une chambre fort agréable.

« Voilà le père! voilà petit père! » s'écrièrent les deux aînés avec joie. En même temps on entendait au dehors des aboiements de chiens. La jeune femme fit un signe à ses enfants; mais, au lieu de s'élancer comme eux à la rencontre de celui qui arrivait, elle disparut dans la chambre voisine.

Quelques instants après, le forestier entrait, ayant toujours Toni dans les bras. Ses trois enfants, au comble de la surprise, regardaient tantôt le petit garçon, pâle et immobile, tantôt le chien blanc qui avait suivi leur père dans la chambre. Sans répondre aux questions que les enfants lui

UNE LUMIÈRE ÉCLATANTE INONDA LA CHAMBRE.

adressaient l'une sur l'autre, le forestier enveloppa Toni dans une couverture de laine et se mit à le frictionner vigoureusement.

Alors la porte d'à côté s'ouvrit tout à coup et une lumière éclatante comme une *Gloire* inonda la chambre. Un arbre de Noël resplendissant, garni d'une centaine de petites bougies et de fleurs aux couleurs les plus variées, se dressait au milieu de la grande chambre montant jusqu'au plafond, dans toute sa magnificence. Au même moment, Toni ouvrit les yeux tout grands. Un éclair de bonheur illumina son regard ; il contempla cet arbre de Noël, dont la beauté lui parut quelque chose de surnaturel, et, apercevant le forestier et sa femme, qui était venue le rejoindre, il murmura en balbutiant : « Êtes-vous mon père et ma mère ? Suis-je auprès de vous dans le ciel ? »

Cette voix si douce, le regard si tendre de ces yeux bleus remuèrent le forestier et sa jeune femme jusqu'au fond du cœur. Le mari passa un bras autour du petit Toni, en prenant de sa main droite la main de sa femme, et dit d'une voix émue :

« Mon pauvre enfant, si tes parents sont dans le ciel, reste avec nous. Tu seras pour nous comme un présent de Noël envoyé par Dieu, et nous te servirons de père et de mère ! »

« Amen ! » dit la jeune femme solennellement, et elle embrassa Toni qui ne comprenait pas ce qui lui arrivait. Les trois enfants de la maison se tenaient là tout étonnés, et en oubliaient de s'élancer dans la chambre de Noël et de regarder ce que l'Enfant-Jésus leur avait apporté. Tout à coup ils se mirent à rire de tout leur cœur ; car Fidèle, qui comprenait parfaitement combien on était bon dans cette maison-là pour son maître, s'était assis sur ses pattes de derrière et présentait au forestier sa patte droite de devant, comme pour lui donner une poignée de main, en le regardant avec confiance de ses yeux intelligents.

« Oui, oui, certainement, dit le forestier qui riait en caressant la tête de Fidèle, toi aussi tu resteras avec nous. Sans toi je serais passé devant notre nouvel enfant et je ne l'aurais pas vu ! Voyez donc, mes chers petits ; ah! le bon. le brave caniche ! »



FIN

MOTTEROZ, Adm.-Direct. des Imprimeries réunies, B. Puteaux

## BIOGRAPHIES D'HOMMES ILLUSTRES

CHAQUE VOL. : Broché ............... 15 c.

— Couverture en couleurs. 25 c.

Alexandre-le-Grand.
Ampère.
Arago
Beethoven.
Buffon.
Cavour.
César (Jules).
Charles XII.
Christophe Colomb.
Cook.
Cuvier.
Dante.
Daubenton.
De l'Orme (Philib.).
Desaix.
Franklin.
Galilée.
Gama (Vasco de).
Gœthe.
Goujon (Jean).
Gutenberg.
Kléber.
La Pérouse.
Lavoisier.
Livingstone.
Louvois.
Magellan.
Michel-Ange.
Mirabeau.
Mozart.
Napoléon Ier.
Necker.
Palissy (Bernard).
Papin.
Puget (Pierre).
Serres (Olivier de).
Solon.
Stephenson.
Washington.
Watt.

MOTTEROZ, Adm.-Direct. Imp. réunies, B

www.ingramcontent.com/pod-product-compliance
Lightning Source LLC
LaVergne TN
LVHW012020160826
845678LV00002B/935

* 9 7 8 2 3 2 9 6 5 3 5 8 7 *